그림 없는 동시집

눈물 많은 동화

이문길

시인의 말

내가 지금
이 세상에 살고 있는 사람을
다 만나보지 못하고
사랑하는 사람을
다 사랑하지 못하고
내 생애를 끝마치려고 하는 것처럼

별들도 그런 사정이 있어
함부로 자리를 뜨지 않고
자꾸만 자꾸만 깜박이고 있다

차 례

2부　출산 出山

시인의 산문

1부 입산 入山

구름 한 송이

산 위에 푸른 하늘이 있어
웃었다

오늘은 거기 구름 한 송이 떠있어
웃었다

글로 쓰는 것

휴지통에서 유명한 김 목사님의
설교집을 주워 왔다

나는 갖고 싶었던 설교집인데
왜 버렸을까 하고 조심스럽게
읽어보다가 이내 알게 되었다

말로 하는 것보다
글로 하는 것이 얼마나
어려운 것인가를

기러기

한 만 년쯤 날다 보니
줄지어 가게 되었네

말하는 소리
우는 소리도 서로 같게 되었네

그 어디에 물 푸른 강이 있고
산 너머 어디에 갈대 우거진 호수 있는지
앞서가는 기러기 따라가면 되는 줄도
알게 되었네

기러기 날아가네
기러기 데리고
기러기 날아가네

한 만 년 산 땅 아닌가

이 강산에 울며 가네

저 참새

하느님 저 참새 보세요
대문 위 전신주에 혼자 앉아
비를 맞고 있습니다

집 아이가 창문을 열어도 날아가지 않고
닫아도 날아가지 않습니다
텔레비전을 틀어도 날아가지 않고
사람들이 그 아래를 떠들며 지나가도
고개만 갸우뚱하고 있습니다

까만 빗방울이
하늘 멀리서 날아내려 오는 것이 보입니다
한없이 내려와 땅 하늘 다 젖고
앞 개울물 모여 흘러가는 소리 들립니다

하느님, 저 참새 어디 아픈 참새인가 봅니다
아니면 이미 다 늙어 날 힘마저 없어진
참새인지 모르겠습니다
깃이 다 젖었습니다
참새 발아래로 물방울이 자꾸
맺혀 떨어집니다

하느님 저 참새 보세요
하느님 저 참새 보세요

쭈꾸미

집이 없어 떠돌이로 살다가
우연히 산 밑을 지나다 바위 뒤에 있는
빈집 하나를 보았네

계십니까
거기 주인 계십니까 몇 번 불렀으나
인적이 없어 들여다보니
문턱이 낡고 마루가 기울어졌지만
내가 살기엔 이를 데 없었네

이제 집이 있으니 나의 소원이 이루어졌네
마누라 얻어 자식 낳고
오순도순 살려고 생각하니 기뻤네
사는 것이 감사했네

그날 밤, 참으로 오랜만에 깊은 단잠이 들었는데
꿈인가
이상하게도 집이 들리어 하늘로 올라갔네

놀라 문밖을 내다보니
땅과 점점 멀리 떨어지고 있어
나는 드디어 승천하는구나 하고 가슴을 쳤네

그때 누군가 나를 자꾸 끄집어내려 하고
나는 자꾸 숨었으나
마침내 갈고리에 찍혀
땅바닥에 내동댕이쳐졌네

그 후 어떻게 되었는지

나는 고춧가루를 뒤집어쓰고
냄비 속에서 죽어서도 덜덜 떨었네

나는 똥이 되었네
똥이 되어 갈 곳이 없어 똥냄새를 풍겼네
고함쳐도 듣는 사람이 없었네
할 수 없이 나는 자꾸 똥냄새를 풍겼네

착한 딸

오늘 나는
버스 속에서 할머니에게
자리를 양보해주는 아주머니를 보고

나는 나도 모르게
하느님같이 속으로
자꾸 말했다

착하다 딸아
착하다 딸아

말

말은 얼굴이 길어서 슬프고
코가 길어서 슬프고
눈이 길어서 슬프다

말은 귀가 길어서 슬프고
다리가 길어서 슬프고
배가 길어서 슬프다

말은 걸을 때보다
달릴 때 더 슬프고
짐 지우는 것이 슬프고
사람이 타서 슬프다

말은 누워 있어도 슬프고
앉아 있어도 슬프고
서 있어도 슬프다

나는 오늘 종일 슬프다
세상에 끌려 나온
말 같아 슬프다

거미

지난겨울 산사 화장실 소변통
죽어가는
거미 한 마리가 있었다

발이 기다란 까만 거미였는데
아무리 나오려고 해도
자꾸 굴러떨어졌다

어떻게 할까
나는 망설이다 누려던 오줌을
멈추고 나뭇가지를 꺾어
거미를 건져 올려 마른 풀 위에
놓아주었다

다시 한 해가 가고
한겨울에 산사에 오니
소변통에 허연 얼음이 차 있고
'소변 금지' 라는 푯말이 붙어 있다

산에 바람이 세차게 불어
풍경소리가 시끄러웠다

눈물

어느 날 길을 가다가
수족관 속에서
물고기가 흘리는 눈물을 보았다

다 흘리지 못하고
눈 안에 가득 남아 있는
눈물도 보았다

돌

누가
내 소리를 듣고
말을 걸어올까

나 잠든 체하며
오래
기다렸네

나만 너무 오래
기다렸다

하늘

하늘에 뭐 있데이
뭐가 있노

조금 전에 그믐달이
서산 넘어갔다

아무 말 없이 가더나
아무 말 없이 갔다

하늘에 해, 달, 별 말고
뭐 또 있노

바람이 있는 것 같다
어두워도 보이나

잘 안 보인다

나뭇잎이 흔들린다
모두 살아 있다

하늘 끝까지 한 번 봐라
오래오래 봐라

뭐가 있노

있다
아아, 평화가 땅에까지 와 있다

오늘 아침은

오늘 아침은
산 넘어오는 햇빛 앞에서
겸손해야지

날 밝아도
아무 말 안 해야지

아침 일찍 일어나 마당 쓸고
대문 열어두고
부엌문도 열어 두어야지

그리고 우리 집 감나무 아래
서 있어야지

오늘 아침은
생명이 어찌 겸손할 수 있는지
다시 한번 생각해 봐야지

하루해 왔다 가도
아무 말 안 해야지
지는 그늘 잘 지나게 비켜서 있어야지

그리하여 하루가 다 가고
하늘이 잘 때 나도 자야지

세상이 잘 때 아무 말 안 하고
같이 자야지

오목눈이 고향

낮에 먹이 찾으러 모두 가버려
비어 있다가
저녁이면 돌아와 불켜 놓은 집

별들은 오목눈이 새들의
집인지 모른다

지지지지 마른 덤불 속에
떼 지어 몰려 다니다
몰려 가버리면 산골짝에 남는 적막

밤새도록 잠 안 자고 얘기하다가
불켜 놓은 채 잠들어 버린
별들은 오목눈이 새들의 오막살이

아니 아니 그게 아니고
은하 서쪽으로 흘러가던 아주 먼 옛날
오목눈이 할아버지가 집 지어놓고 기다리는
별들은 오목눈이 새들의
고향인지 모른다

산길

집에 가자

집에 가자
집에 가자아
아니 조금만 더 놀다 가자

날 저무는 산길에
아이 하나는 집에 가자 하고
하나는 조금 더 놀다가 가자 한다

조금 있다가 보니
두 아이 없어졌다

빈 산길에 소리만 남아 있다

집에 가자아

내 앞에 커다란 돌 하나가

말한다

집에 가자

굼벵이

북한산
도봉사 뜰 앞
바위에 앉아 쉬는데

산새 한 마리 날아와
내 구두에 앉았다가
날아갔다

나는 아무것도 줄 것이 없어
미안한 마음뿐인데
그 새 다시 날아와
내 무릎 위에 앉았다 날아갔다

한낮 아무도 없는
도봉사 뜰 앞

나는 차라리
한 마리 굼벵이가 되었으면
좋겠다는 생각이 들었다

꽃고무신

버스정류장에 떨어져 있는
아기 꽃고무신 한 짝

한나절이 지나도
아무도 주워가지 않네

큰 발 작은 발 큰 발 작은 발
하루종일 붐비는 시골 장터

벌써 갔을까
엄마 등에 업혀 버스 타고 산 너머
소 우는 산골 마을

벌써 갔을까
배 타고 강 건너
물새 우는 강마을

경비

텔레비전도 재미없는 날엔
밖에 나와 구름을 바라본다

유월이라 아침에도 흰 구름
저녁에도 흰 구름

코끼리 왔다
코끼리 코 떨어지고
발 떨어져
산 넘어간다

낙타 바람에 날려
웃고 간다

육십 넘어 하루종일 바라봐도
심심찮은 저 구름

오늘은 아이가 되어 바라본다
뭉게구름 둥개구름

하늘소

집 지어줄게
내캉 살래

내 손등에 앉아있는
졸참나무하늘소 한 마리
내 말 알아들었다고
긴 더듬이 움직인다

우기 다가오느라 날 흐리고
풀밭 흔들리는 한나절
화단 가에 서서
하늘소를 들여다보고 있으니

문득 세상에 남은 것은
둘 뿐이라는
적막한 생각이 든다

집 지어줄게
내캉 살래
아니면 너 따라가서 풀집 속에
네캉 살까

누우런 보리밭 너머
청산 멀리서 누가 부르는 소리

바람 소리
뻐꾸기 우는 소리

할머니

어디 갑니꺼

아무 데나

팔십 할머니 작대기 짚고
아파트를 돌아다니신다

길에 나가시거든 촌사람 파는
감홍시 사 잡수십시오
네 개 천 원입디더

어데 그런 데
헐한 곳이 있노

네 개 주거던 한 개 더
달라고 하십시오
안 주거던
떼를 쓰십시오

할머니
나를 보고 하얀 틀니 내어
웃으신다

한 바퀴 도시고
내 가까이 오시고
한 바퀴 도시고
내 가까이 와서 나를 쳐다보신다

아무도 세상 얘기
안 해 주는가 보다
아무것도 모르는 나한테서
세상 얘기 듣고 싶으신가 보다

산 1

내 없이도
혼자 있겠나

돌아보며
다시 묻는다

내 없이도
혼자 있겠나

아쩌씨

어린이 놀이터를 지나는데 한 아이가 나를 불렀다 돌아보니 아이 여럿이 내가 있는 것을 상관 않고 한 아이에게 돌과 모래를 던지고 있었다

웬일인가 싶어 가까이 가서 보니 얼굴 한쪽에 화상 흉터가 있고 한쪽 눈 끝이 약간 일그러진 여섯 살쯤 된 남자아이가 손으로 아이들을 가리키며 나에게 구원을 청하고 있었다

나는 곧 사태를 짐작했다 모여있는 악동들을 제지하고 손을 이끌어 아파트 뒷문 밖으로 내보내 주었다

그 후 어느 날인가 아쩌씨 하고 또 나를 부르는 소리가 들려 돌아다보니 초소 앞 주차해 있는 차 사이에서 그 아이가 사탕 쥔 손을 나에게 내밀고 있었다

나는 난감했다 저것을 받아야 하나 어쩌나 망설이다 너 먹어라 하고 돌아섰다 그러나 그 순간 그 아이는 획 하니 사탕을 나에게 던지고 돌아서 가버렸다

나는 두려움에 가슴이 떨렸다 며칠 전 그 고마움을 나에게 표시하려 했는데 무시당한 그 분노를 나에게 한 것 같아 가슴이 아팠다

그 후 나는 다시는 그 아이를 보지 못했다 어디로 이사 갔는지 아파트 놀이터에는 나타나지 않았다

이제 벌써 한 해가 지난 일이 되었지만 나는 어린이 놀이터를 지날 때마다 어디서인지 아쩌씨하고 부르는 소리가 들리는 것 같아 얼굴이 붉어진다

겨울

찬 바람 부는
공동묘지

길가
외딴집

얼어 죽는다고
돼지가
밤새도록 울었다

우리 집 뒤안

우리 집 뒤안은
춥고 쓸쓸합니다

처마 밑에 숨어 있던 그늘이
들을 건너고 산을 넘어간 뒤에도
뒤안엔 아무도 지나는 사람이 없습니다

우리 집 뒤안에 무엇이 있는지
햇빛 밝은 이른 봄 우연히 지나다 보니
제비꽃이 파랗게 피어 있습니다

자세히 보니 제비꽃 속에 노오란 민들레도 피어 있고
보일 듯 말 듯한 하얀 작은 꽃들도 무더기

피어 있습니다
아아 우리 집 뒤안은 꽃밭이었습니다

할미꽃은 황토 동산에 있고
조팝나무꽃은 산길이나 무논 둥천에 살고
꽃집 따스한 온실에는 온갖 꽃들이 피어 있지만
제비꽃 민들레꽃은 깡통 녹슬어 가는 뒤안
찬바람 속에 피어 있습니다

우리들은 풀들이 살 곳이 없어
아무 데나 산다고 생각하지만
사실은 풀들이 사는 곳이 풀들의 집입니다

산천의 풀들은 꽃이 피면 보이고

꽃이 지면 잘 보이지 않습니다

지금 우리 집 뒤안은 꽃밭입니다
할머니 한 분이 바구니를 들고 씀바귀를
캐고 있습니다
어디서 흙냄새가 났습니다
할머니 마치 봄처녀 같습니다

아버지

아버지 묘소에
담배 한 개비
불붙여 얹어놓고
말없이 서 있던 엄마

그때는 내가 어려서
아버지 초가집에
저녁연기가
오르는 것 같았다

개구리

나는 개구리가 우는 것을
보았다

젖은 물갈퀴 발로
큰 눈을 닦고 또 닦았다

나는 울어도 소용없는
일이 있다고
말해 주려고 해도 할 수가 없었다

개구리들은
개구리밥 수풀 속에 숨어
밤새도록 울고 또 울었다

건널목

길 건너지 않고
기다리면 만날지 모른다

건널목에 서 있을 때마다
생각나는 사람들

오늘도 건널목에 서서
누군가 건너가고 없는
길 건너 먼 하늘을 바라본다

겨울 3

오늘 새벽에
코 훌쩍거리며 늙은 아내가
아침을 하고 있다

겨울이 왔나 보다

엄마 1

엄마 하면
엄마 등에 업혀 잠들었던
따뜻한 엄마 등 생각난다

엄마 하면 비 오는 날
내 그 등에 업혀 잠들어 듣던
우산에 내리던 빗소리 생각난다

두 잔

크어

취한다

한 잔 더 주이소

성모병원 여자 안내원에게

녹차 한 잔을 더 얻어 마시고

취한다고 하니

인생은

백 세부터란다

나는 그날

종일 기분이 좋았다

하나님

내가 술에 취해
목사님에게 자꾸 물었다

하나님이 있어요
하나님이 없어요

목사님이 대답했다
“내가 우예 아노.”

지금은 세상에 안 계신
김 목사님의 대답이
잊히지 않는다

이상하다

내가 장가갈 때는
아내는 자기 엄마를 닮았다

고생하며 자식 낳고 살 때는
장인어른을 닮았다고 생각했는데

오늘 요양사 선생님이
어떻게 둘이 그렇게 닮았느냐고 해서
자세히 보니
정말 나를 닮았다

아내를 휠체어에 태우고
아파트를 한 바퀴 돌아와
눕혀 놓고 들여다보니
오늘 아내는 내 아버지를 닮았다

이상하다

자기 엄마를 닮은 아내가

어떻게 내 아버지를 닮았는지

볼수록 이상하다

불을 켜면

불을 켜면
쓸쓸하지요

구름 덮이고 날 저무는 저녁에
방에 불 켜두면
더 쓸쓸하지요

올해는 찬비 오고 난 뒤
날 일찍 추워
단풍도 다 졌어요

이런 날
어둠 속에 묻히지 않으려고
불 일찍 켜놓으니
쓸쓸하네요

세상에 남아있는 것이

쓸쓸하네요

별

옛날 짐승들의 고향은 지구였단다
어느 날 사람들이 와서 돌로 도끼를 만들어
짐승을 사냥했단다

짐승들은 모두 놀라 하늘로 도망갔단다
몇십 년이 지나자
이제는 괜찮겠지 하고 지구로 내려오니
이번에는 사람들이 활을 만들어 잡으려 했단다
짐승들은 다시 하늘로 도망갔단다

하늘로 올라간 짐승들은
몇백 년이 지나자 이제는
괜찮겠지 하고 지구로 내려왔단다
그러나 이번에는 사람들이 총을 만들어
짐승을 잡으려 했단다

하늘로 올라간 짐승들은 언제 살던 고향으로
갈까 하고 아직도 지구를 내려다보고 있단다
눈을 반짝이며 내려다보고 있단다

돌과 바위

산에 가면 어른들의 울음소리 들을 수 있지요
아이들은 집에서 울고
어른들은 산에 가서 울지요

산에서는 산지렁이 삐삐충이 울고
들에는 황소눈 스치는 바람도 울지만
안 우는 것은 돌과 바위지요
산에 가면 안 우는 것은 돌과 바위지요

산에 가면 어른들의 울음소리 들을 수 있지요
어른들은 산에서 불 꺼진 옛집 앞에서 울고
아이들은 집에서 이승이 너무 넓어 울지요

산의 오전 해는 오후 해보다 쓸쓸하지요
산골 물소리는 강물 소리보다 쓸쓸하지요
이룸의 근원이 결과보다 쓸쓸하지요
산속에서 산이 쓸쓸해 어른들은 울지요

산에 가면
눈물 아닌 것이 없지요
한숨 아닌 것이 없지요

산에 가면 어른들의 울음소리 들을 수 있지요
그러나 안 우는 것은 돌과 바위지요
산에 가면 안 우는 것은 돌과 바위지요

하늘에 있는 별 세상

하늘에 있는 별 세상 그들의 고향에도
사이사이 숲이 있고 들이 있을까

별들에게도 평생을 가고 싶어도 못 가는
까마득히 먼 시골이 있고
흰 구름 떠도는 산 아래
파란 붓꽃 피는 초원이 있을까
거기 은돌 빛나는 작은 개울가에
풀 피고 풀 시드는 들도 있을까

별들이 사는 하늘에도 오두막이 있고
떡방앗간이 있고 저녁 들면 돌담 근처에
풀벌레도 울고 있을까

사람 사는 세상에도
잊혀져 있는 사람이 있듯
하늘에도 늙고 힘없는 별이 있어
까마득히 먼 곳에 소외되어 혼자 살아가는
별도 있을까

별들에게도 별 세상이 싫어
숲속에 혼자 숨어 사는 별이 있고
하느님의 꾸중을 듣고 울고 있는 별도 있을까

하늘에 있는 별 세상 그들의 고향에도
끝내 사그라지는 별을 두고
그리워도 별들 눈치 때문에 가슴만 서로
태우는 별도 있을까

지금 여기 있다 말 못하고

혼자 자꾸만 자꾸만 빛나는 별이 있을까

산에 가서

올해 가을에는 산에 가서
알아봐야겠다

어떤 벌레가 제일 먼저 우는지
누가 제일 울고 싶어 우는지

긴 한 해 얼마나 기다렸을까
울고 싶은 울음 참고 기다렸을까
알아봐야겠다
무엇 때문에 자꾸 우는지

올해 가을에는
산에 꼭 가봐야겠다
가서 물어봐야겠다
모두 울 때 나도 같이 울어도 되는지

약수

먹고도 남는다

까지, 어치
다람쥐, 청설모
사람까지 먹고도 남는다

약수터에는
약수가 주인이다

사람들을 줄 세우고
뒤에 선 사람도
걱정하지 말랜다

약수는

아무도 없는 산속에서

밤새도록 말한다

먹고도 남는다

진아

진아, 할매 어디 있지
산에 있지

산에서 뭣 하지
잔다

아카시아 꽃피는 오월
잠들고 싶은 한낮
풀밭에 누워 생각하니
흙 속에 묻힌다는 것은
흙과 함께 하늘에
묻힌다는 것이 아니냐

엎드려 흙냄새를 맡으며
내 딸에게 하듯
나에게 다시 고쳐 물어본다

진아, 할매 어디 있지
하늘에 있지

하늘에서 뭣 하지
잔다

가을

밤이 깊었으니
자러 가자

땅에 내린 비도 마르고
하늘의 구름도 조용하니
먼 산 풀벌레 우는 소리도
들리는구나

어디서 왔노
뭣 하러 사노
저희끼리 묻고 또 물어
울음바다가 되었구나

세월이 저무려 하니
자러 가자

저희끼리 밤새도록 울게 두고
우리는 자러 가자

꿈도 꾸지 마라

나도 나비처럼 날 수 있을까
새처럼 하늘을 날 수 있을까
어릴 적 하늘을 쳐다볼 때마다
나는 그것이 궁금했다

초등학교 때쯤 하늘이 말했다
꿈도 꾸지 마라

그 후 선녀나 날개 달린 천사의
그림을 볼 때마다
나는 어쩌다 땅에 있을까 하고
그것이 궁금했다

그 후 어른이 되기까지 나는 아무도 모르게
눈치를 보며 하늘을 살폈는데
그때마다 하늘이 말했다
꿈도 꾸지 마라

나에게는 영혼 같은 것이 있을까
굴뚝 연기가 하늘로 올라가는 것을 볼 때마다
그것이 궁금했다

나이 들수록 고민이 깊어질수록 나는
하늘을 오래도록 바라보게 되었는데
하늘은 점점 말이 없어지고 자꾸 넓어져
끝도 없이 넓어져 드디어 바라볼 데가 없어졌다

그래서 할 수 없이 나는 이제는 하늘보다 땅을
바라보게 되었다
저녁답이면 산 밑에 나와 덤불 속에 오목눈이
새 떼들이 지저귀는 소리를 듣는다

여기가 얼마나 따뜻한가
새들이 지저귀며 웃었다

2부 출산 出山

해 2

해가 구름에 가려
산 위에 있다

어디 가서
잘 곳이 없는가 보다

옷이 떨어지고
신발도 떨어져
가던 길 더 가기 힘든가 보다

서산 위에 헌 구름옷 입고
나를 바라보던 해

가버렸다
산 위에 헌 옷만 남았다

시인의 산문

산 데 미

'산데미로 앞을 가린다' 는 말이 생각나 웃었다. 산데미는 싸리나무로 얼기설기 엮어 만든 소쿠리 같은 것인데 그것으로 부끄러운 곳을 가리고 살았으니 웃지 않을 수 없다. 나의 시는 나를 가리는 소쿠리였다. 참으로 한심하게 살아온 것이다.

왜 내가 시를 쓰게 되었는지 생각해보니 나 때문이었다. 나는 출생이 예수와 비슷했다. 역할이 바뀌었을 뿐이다. 나는 아버지의 사랑을 받았지만, 엄마의 사랑은 모르고 자랐다. 그럴 이유가 있었다. 철이 들자 나는 가족 속에 외로웠고 친척들 속에서도 외로웠고 친구들 속에서도 외로웠다. 나는 사람 속에서 외로웠다. 나는 예수가 얼마나 외로웠는지 잘 안다. 그는 평생을 혼자 황야에서 하늘을 보고 살았다. 나는 여섯 살 때 아버지가 죽자 외로웠다. 예수는 아버지에게 목수 일을 배우며 살았으나 나는 아무것도 하지 않고 살았다. 할 수 있는 일이라곤 종손이 되어 어릴 적부터 일 년에 열 번이 넘는 제사를 지내는 일뿐이었다. 나는 제사 음식의 냄새가 싫었으나 어쩔 수 없이 제사를 지냈다. 예수가 외롭게 산 것 같이 나는 제사를 지내며 외로웠다. 그래서 산데미로 앞을 가리며 살기 시작한 것이다. 예수는 끝내 피를 흘리며 죽었으나 나는 할 일 없이 살았다.

내가 시를 쓰기 시작한 것은 중학교 3학년 때부터다. 여름방학 숙제로 낸 시가 우수작으로 당선되어 시 모집이 있을 때마다 국어 선생님 때문에 자꾸 시 같은 시를 쓰게 된 것이다. 그때 나는 시가 무엇인지도 몰랐다. 시가 무엇인지도 모르고 시를 썼다. 글줄을 바꾸며 늘였다 줄였다 하는 것이 시인 줄 알았다. 아득한 그 옛날 그때부터 지금까지 시를 쓰며 나는 16권의 시집을 내었다. 4년에 한 번씩 시집을 내었으니 64년이란 세월이 나도 모르게 흘러간 것이다. 나는 좋은 시를 썼다고 생각할 때마다 사람들에게 보여주고 싶었다. 한 권의 시집 속에 한두 편의 좋은 시가 있다고 생각했으나 사실은 한 권의 시집 속에 한 편의 좋은 시도 없었다. 지금까지 시 쓴 것이 허무할 뿐이다.

내가 아는 시인 중 가장 좋아한 시인은 미국 시인 로버트 프로스트였다. 그의 시 중 눈 내리는 밤 시골에서 말수레를 타고 가며 쓴 시, '나는 잠자기 전 몇 마일을 더 가야 한다 나는 잠자기 전 몇 마일을 더 가야 한다' 는 그 시구절이 잊히지 않는다. 중국의 시 중에는 이백의 좋은 시는 없고 두보의 시는 한 편 있었다. '바람 불어 떼 지붕이 강 건너 날아갔다'는 시인데 나는 그 시가 너무 마음에 들어 나도 언젠가는 그런 명시 한 편을 쓸 날이 오기를 기다리며 살았다. 우리나라 시인이 쓴 시에는 시조 시인 정완영 선생님이 쓴 시조 한 편이 있었다. 이호우 선생님이 하시던 '어깨동무'라는 출판사에 있을 때 정완영 선생이 오셨는데 이호우 선생님이 너무나 반기면서 그 시조 이야기를 하기에 나는 이호우 선생님의 생각이 내 생각과 같다는 것을 알았다. 오래되어 시조 제목도 잊어버려 여기 소개하지 못한다. 그리고 외국 시로는 한솔 선생님이 번역한 노벨문학상을 탄 이태리 시인 샹종 펠스의 시를 보고 너무 놀랐다. 「송가그라」라는 시였는데 시를 그렇게도 쓸 수 있구나 하고 나도 그런 새로운 시를 써보려고 노력했다. 그의 시는 우리나라 이상 시인의 시 같은 것인데 난해했으나 읽을수록 황홀하고 아득한 것이었다.

나는 평생을 명시를 보려고 했으나 명시는 별로 없었다. 나는 시 대신 그림이나 음악에서 그 부족함을 메웠다. 나의 핸드폰에는 「뜸부기」 같은 동요도 있고, 장미희가 부른 '허공을 날자 마음껏 날자 늦은 저녁이면 어떠냐' 라는 노랫말의 「내 인생 바람에 실어」 같은 유행가도 있고 찬송가도 있다. 베토벤의 「운명」이나 드보르작 「신세계 교향곡」 같은 것도 있다. 「운명」은 평생을 두고 듣느라 네 번이나 테이프를 다시 샀다. 나는 베토벤이 두드린 그 허공 적막을 함께 두드렸고 끝내 운명에 순종하고 타협하는 그의 노래에 숨죽여 울었다. 나는 우리나라 국악에서도 「운명」 같은 훌륭한 음악이 있다는 것을 나중에야 알았다. 한이 맺힌 우리의 노래는 세상 어디에도 없다는 것도 알았다.

나는 평생을 시 같지 않은 시를 쓰려고 노력했다. 산문과 운문이 다르지 않은 시, 시와 동시와 시조가

다르지 않은 보통 말과 같은 시, 세상에는 없는 그런 시를 쓰려고 노력했다. 나는 얼마 전 마지막 시집 『헛간』을 내었다. 그리고 꼭 한 번 다시 쓰고 싶었던 산문집 『날은 저물고』를 내었다. 컴퓨터를 할 줄 몰라 노트에 세 번이나 고쳐 쓰느라 평생 할 고생을 한꺼번에 다 했다. 책이 나오자 고마운 문우들에게 보내었으나 나는 아직 책이 어떻게 되었는지 펼쳐보지도 않았다. 그 후 쓴 것을 버리려니 아까워 아래에 소개한다.

언제부터 의정부에 살았습니까

모르겠다

부인은 왜 안 보이는지요

모르겠다

고향은 어딥니까

모르겠다

—「누가」 전문

빗속에 가는
산골짝 첫 버스에는 아무도 없다

텅 빈 버스 안에
불빛만 화안하다

휴교 중인 초등학교
운동장 앞을 지나고

기다리는 사람 없는
정류장 앞을 지나간다

해가 갈수록 적막해지는
산골짝 빗속에 젖어 있는 사람들

산골짝 첫 버스는
어두운 산속에서 나와

다시 어두운 산속
빗속으로 사라진다

―「빗속에」 전문

아침 해가 아파트 사이로
오늘 내가 뭐 하는지 보고 갔다

나는 오늘 하루 무엇하며 살까
물어보고 싶었으나

해는 아무 말 안 하고
그냥 갔다

–「해」 전문

눈이 어두워 신문에 난
'오늘의 운세' 가 잘 안 보여 자세히 보니
없어진 길에는 쉬어가는 지혜가
있어야 한다고 쓰여 있어 감동했다

그래 다시 한번 자세히 보니
엎어진 김에
쉬어가라고 쓰여 있었다

–「눈이 어두워」 전문

생각해보니 평생 아무것도 아닌 시를 썼지만, 나에게도 시론 같지 않은 시론이 있다.

1) 시의 본질은 적막이다.
2) 절망, 적막이 없으면 시는 존재하지 않는다.
3) 시는 그 적막을 넘어가는 적막이다.
4) 시의 본질은 적막강산이다.

이문길 동시집
눈물 많은 동화

2022년 9월 30일 초판1쇄 발행

지은이 이 문 길
펴낸이 김 성 민
기획위원 장 옥 관
편집디자인 김 경 자

펴낸곳 도서출판 브로콜리숲
출판등록 제2020-000004호
주소 41743 대구광역시 서구 북비산로 65길 36, 2층
전화 010-2505-6996
팩스 053-581-6997
홈페이지 www.broccoliwood.com
인스타그램 broccoliwood_
전자우편 gwangin@hanmail.net

ISBN 979-11-89847-42-5 03810

*이 책은 지금까지 낸 이문길 시인의 16권의 시집에서 골라 동시집으로 엮었습니다.

*책값은 뒤표지에 표시되어 있습니다.